大場義宏　ライト・ヴァース集

2004～2013

豆

―土も空気も満足な水さえないところに―

影書房

大場義宏　ライト・ヴァース集　2004～2013

『豆

——土も空気も満足な水さえないところに——』

献詞・夭逝されてなお食い散らかされることがあるとすれば、それが伊達風人君自身にとってどうあろうと、私には忍びないことである。この痛切な思いを君の霊前に捧ぐ。この思いの芯部をなにかしら脈打つものに無言で耳を傾ける君をすぐ近くに覚えながら。

もくじ

草穂群の一

揮毫《きごう》

気鋭の指揮者の筆先から、ただ四文字
「金太郎飴」*という言葉が現われたので驚いた
なんとまあ甘いものが世にはあったものである
求められての色紙だから飛びっきりのところではあるのだろう

飾り気がなくて棒のような言葉だ
生まれたままの自分で最期《さいご》のその日までありたいという
それは祈りの固まり

ユーモアが凝ってしまったなにかしら延棒のようだ
こうもあたりまえの言葉があったとは
わたしのなかのできたてのピンクと青と黒と白が
わたしのまだ使っていない色紙をたちまち染めようとする
金太郎飴
金太郎飴

＊ 始めから終わりまでどの断面を見ても、白地に鮮やかなピンク、青、黒で金太郎の顔が描かれている造りの棒状の飴。やや太めの丸鉛筆のような形で半透明な乳白色の蠟紙に包まれ、ひと昔前までは、子どもたちが出入するたいていの駄菓子屋の店頭で売られていた。

　どこを切っても同じ顔が現われることから、どこを取っても規格品的でいっこうに変りばえのないこと、あるいはそうした発想等を揶揄する言葉としてよく使われてきた。

ぼくのオンブラ・マイ・フ*

さきほどから涼しい風が吹いていた
本のページも捲《めく》れたりしていた
窓辺からくる風はときおり止んだりもして

脳裏をかすめるような、あるいはもっとクリアに
胸のあたりを透っていくような
この心地よさはなんだろうと
それはかすかな疑問なのか風なのかの区別もつかなかった

吹かれていればよかったから
ぼくは分かろうとも思わなかった

CDという器械は不思議なものだ
そのときなんでぼくに聴かせなければならなかったのか
アンドレア・ボチェッリが歌うヘンデルのオンブラ・マイ・フ

そうだったのだ
おお、それはぼくのオンブラ・マイ・フ
ぼくという痩せ地にはいつか一本の木が根付いていて
そのなつかしい木陰からそれは吹いてきていたのだ
季節を経《ふ》ればその木陰はなお色濃く繁り
そこにはさらにやさしく吹くものがあることだろう
植えていってくれたあのひとが知らない

だからこそ緑濃いぼくのオンブラ・マイ・フ

＊　ヘンデル作曲、歌劇『セルセ』のなかのアリア「オンブラ・マイ・フ（なつかしい木陰）」

浮世

言葉が言い当てるときの喜び—
それをぼくは一枚の絵の完成と呼びたい
その瞬間絵は絵であることを止めるからだ
言葉も言葉であることを止めてぼくは言葉に染まる

てぃんさぐぬ花や　爪先《ちみさち》に染《す》みてぃ
親《うや》ぬゆし事《ぐとぅ》や　肝《ちむ》に染《す》みり　*

言葉が音楽に融けていく恍惚――
それをそのままに放置してそこを立ち去る
親がふたりとも逝ってしまった今では
お返しをしようにも返すところはどこにもない

宝玉《たからだま》やてぃん　みがかにばさびす
朝夕《あさゆ》肝《ちむ》みがち　浮世《うちゆ》わたら

＊　沖縄の民謡「てぃんさぐぬ花（鳳仙の花）」から

返信

やわらかな鉛筆で書いて出した手紙が
届くときは分かります、ぼくには
おお、明瞭に、そう
きょうかあすには……と

便箋に載せて遣ったものが
あのひとのこころに載った瞬間の
あかるむそれはそれはやわらかな

匂わんばかりの感触まで
――
返事はなくても大丈夫です
そのあいだにも
朝顔の蔓は伸び
だれに気づかれることなく
開いている朝は、来るのですから
あのひとはそういう返信しか
書けないのですから
――

歯肉の下に牙を埋《うず》めて
ぼくが立ち向かうとき
胸に仕舞い込まれてあるのは
そうした毅然とした返信だろう

粋でクールな仕立物

「絶望」と題して老詩人は詩《うた》う

絶望していると君は言う
だが君は生きている
絶望が終点ではないと
君のいのちは知っているから

絶望とは

裸の生の現実に傷つくこと
世界が錯綜《さくそう》する欲望の網の目に
囚《とら》われていると納得すること

絶望からしか
本当の現実は見えない
本当の希望は生まれない
君はいま出発点に立っている*

詩うことは説《と》き明かすことなのだろうか
明快に解《と》き明かされたとしてさえきみは
出発点にいることに気がつくことができるか
これなども一枚羽織《はお》ってみてはいかがかと
ブティックの鏡の前でそっと肩に掛けられて

まじまじながめる御仕着せの現実——
このように一目《ひとめ》粋でクールな仕立物が
ぼくらにとっての詩であるだろうか

出発点に立つのではなく
出発点が萌え立つのだ
裸の生の現実がようやくにして見えてくるのは
あってせいぜい絶望が萌えあがるときのこと
絶望を詩うなんてことは有り得ぬ相談なのだ

＊　谷川俊太郎作「絶望」、二〇一二年一二月三日付け朝日新聞（夕刊）。同『こころ』（朝日新聞出版刊）所収。

夢の生態・その一

ちかごろ女子高生のスカートがうんざりするほど短いのは
スカートのデザインの所為《せい》でも裁断の結果でもないのだという
街に出る目的に合わせ、遭うひとに合わせ、どこかビルのトイレで
胴回りのところで捲《まく》り上げたり下ろしたりしてあるのだという

これでは若さという弾むような折角のやわらかいベッドも
そのシーツの乱れ具合まで人目に晒されることになるようで
好んでそのなかに憩うことを常とすることができた詩たちも

寄り付かなくなるだろうことは頷《うなづ》ける話である

詩にプライドがあるなどという了見の問題ではなく
そこはもう生理的居心地の許容閾値を超えてしまっているのだ
自転車で通学する彼女たちの太ももの白のあたりから、詩が
ぼくに向かって助けを求めて殺到するのでぼくももてあます

詩に化粧《けそう》して夢までが逃げていることに気づいているのだろうか
その年頃に夢を散失してしまったら、これからどうするのだろう
宙に舞ってはぼくにも押し掛けてくるが、受け留めてやりたくとも
ひとはひとさまの夢を飼い馴らすなどということはできないのだ

夢の生態・その二

あなたの夢はなんですか、と訊ねられたら
ぼくは即座に答える、あなたの夢はなんですか、と
そのひとがぼくの問いに答えてくれても
ぼくは答えないだろう
ぼくは答えることができないのだ
そのひとの答えが答えになっていないのだし
ぼくも、ぼくがなにであるかを言うことができるだろうか

答えにはほんとうの答えと嘘の答えがあって
嘘の答えを答えればいいというのだろうか
夢とはそういうものなのだ
それほどに肝心なものなのだ、そのひとにとって
嘘の答えでもいいからと言われたら
ぼくは答えるだろう、おずおずと、口籠《ごも》りながら
あのひとです、と
ぼくの表情にはどことなくぽっと色が射すだろうが
気のつくひともいないだろう程度に

ほんとうの答えはその隅々までをあのひとが分かっていて
あのひとがいるところからは遥か隔たったところで
そう、たとえば人込みのなかに揉まれていたりするとき
そのことをぼくは痛いほど納得することができる
ところが知ることができるのはぼくだけではなかった

夢がそれほどに肝心なものであることは
そのひとそのひとにとってなのだ、などといった
狭い了簡上のことではなかったのだ
そのことは夙《つと》に行き交う雑踏が自らクリアに白状していた
それに揉まれながらきみも耳を傾けていたのだ、夙に

夢の生態・その三

ぼくも魯迅に倣《なら》って希望の盾を手離し
ペテーフィ・シャンドル*一の「希望」の歌に耳を傾けてみる
〈希望とは何——あそび女《め》だ。
誰にでも媚《こ》び、すべてを捧げさせ、
おまえが多くの宝物——おまえの青春を
失ったときにおまえを棄てるのだ。*二〉

かつて魯迅が引いて語ったことがあるペテーフィの金言

〈絶望の虚妄《きょもう》なることは、まさに希望と相同じい。〉
これを聴くとぼくは金縛りに遭ったように身動きが取れなくなる
不思議なことだが、いまぼくのアンダンテが聴こえる
氷が融けるように歩み出すことができれば、そう、倦まず巧まず
それが夢なのではなかろうか、と

＊一　Petofi Sándor（1823〜1849）祖国のために若くしてコザック兵の槍先に斃れたハンガリーの愛国詩人。
＊二　引用詩句は、竹内好訳による魯迅『野草《やそう》（一九二四〜二六年）』から

夢の生態・その四

夢を見ているのかしらとわたしはほんとうに思った
ジブリのアニメーションのようにその夢はよくできていた
太い腕に抱《いだ》かれ厚い胸に頰を埋《うず》めての爆睡中で
添寝していたのはあなただとばかり思っていた
言葉にするのも恥づかしい色の余韻がわたしの奥に広がろうとして
さらにわたしは夢から醒めることができなかったのだと思う

なにかしらウィルス突起様のでこぼこに蔽われた巨大な生き物の

荒い呼吸がすぐ耳元に聞こえていた
所詮生き物は体に有害な物質は排泄して遠慮など知らない
尾籠《びろう》なことでつい口籠ってしまうが
わたしにしても尿や便を日々排泄腔《こう》から排泄している
生き物同士、それもだからなにかしら巨怪な生き物であることが分かる
ただ、いきあたりばったりどこを汚染水の排泄口にしようというのか
切羽詰まるのみで遣《や》り場のない懊悩はわたしにも分かる

あなたの余韻は疾《とう》に引いているのに
つまり夢から醒めてこれだけ経《た》つのに
あなたがどこに失踪したのかも分からないまま
今度こそは紛れのない本物の夢を見ているのではないかしら
わたしは両の手で目を擦《こす》る
本心を全裸にして被さってこられる前に醒めなければ、と
たとえば曾祖父の頃のこともある

満州の沃野がある日突如広大な盗地であることが歴《れっき》とした
夢は掌《てのひら》を返すなどといった悠長なできごととは異なるのだ
ふとまたわたしは思った
ジブリのアニメってなにだったのかしら、とも

夢の生態・その五

たのしい夢には熱があるものだろうか
ほんとうにたのしい夢にはまったくないのだとぼくは思う
ひんやりしているから夢をうつくしいものにする

さびしい夢はどうしても熱を帯びるもののような気がする
少年のころ患う病にみられる内熱ほどの重さはあって
きみのなにかそんな熱が気懸かりだった

地の中の異国のひびきとともに
永山一郎*は地の中の異国のにおいをリポートしようとしたが
夢はおのずと沈む、重いから沈む

リポートしようにもいったい手段はみつかるだろうか
言葉なり、色なり、音なり、験《ため》してみるのはおおいにけっこう
ただ裏返った幽霊はほんとうはぼくらにみえるはずがない

うしろを振り返っても裏返った幽霊はいないが
まえに突き進んでも幽霊は裏返っている
だからぼくらは覚めないわけにはいかないのだ、夢から

＊　永山一郎（一九三四～一九六四）は山形県最上郡金山町出身。処女詩集『地の中の異国』の刊行は一九五六年。

草穂群の二

物語は酣《たけなわ》ときている

行手を阻まれているわけではなく
退路を断たれているわけでもないが
否　ないのではない
熱くないという熱さよ
もはやいちめん青い炎また炎
事態はいまや手の施しようもない

そこでだ

芽を出した鉢植朝顔に水を遣る
郭公《かっこう》は朝の冷気を裂き
小学生の若僧たちが
交通指導員に向かって空飛礫《からつぶて》を放つ
「おはようございます!」

「なんということ　万事がこうだ」
と呟くだけで
だが　こうも火の粉が吹き出すのだから
待て　息の根はまだある
そういえば
かたわらに一晩中　白い粉を零《こぼ》し零し
寝返りを打っていたのは死体ではなかったのだ
けさだって
新聞紙面から立ち昇っていた

耳を塞がずにいられない叫喚《さけび》
その音をこの手はもてあましたのだ

だれの手だというのか　それが
物語は酣ときている
決めつけるのは早いが
ぬるい　あまりにぬるく震えが止まらない

爽やかな風——記録のパッチワーク

そのときは爽やかな風が吹いていた
たとえばタンザニアはセレンゲティ国立公園
標高千百メートルの草原の草穂は
いっせいに波打ち、夕日に輝いていた
一群の草食動物たちはしきりに草を食みながら
途切れることのない無言の対話を楽しんでいた
漂いくることがある獣の匂いに耳を立て立て

ようやく乳房を離れたばかりだった仔《こ》が
朝、チーター母子の餌食となって消えたことも
風とともに記憶の柵外へと流れ去ったのだろう
せわしく靡《なび》いて止まない草を食み続けていた
なにもかも吹き消して風は爽やかだったのだ

そこそこ腹が満たされてさえあれば
肉食獣たちは縄張りの奥まった処に伏して闇を流した
草食動物たちの群を成して密かに伏すところは
縄張りの内外《うちそと》を超えたただ丈高い草叢《くさむら》だったから
夜吹くことがあればその風はさらに爽快だった
夜陰を跋扈《ばっこ》する肉食獣の目には緑の炎が燃え——
「食《くわ》んにゃぐなれば、ホイド[*一]すれば宜いんだから！」
同じその日頃、農寡婦たちの底抜けにあかるい会話は

幼少にあった畏兄黒田喜夫[*二]の頬を撫《な》で去った
(「食んにゃぐなれば、自然(の営み)がある筈」だから!)
標高二百メートル、日本国東北地方の一僻村
そこを吹き過ぎる風もそのように爽やかだった

そのときも爽やかな風が吹いていた
ボリビアの標高四千メートルの鉱山都市ポトシ
スペイン統治時代に金銀は掘り尽くされ、今は錫、亜鉛
機械化が進む鉱山のボタ山は四千五百メートルに達し
珪肺病の重篤《じゅうとく》、落盤事故は日常茶飯事となった
同じその夕刻、長い葬列の喪裾を翻《ひるがえ》す風は爽やかだった

底なしに爽々《そうそう》と風は吹き止むことがない
透明な固まりとなって滾《たぎ》り寄せ猛々《たけだけ》しく異半球へと吹き過ぎる
予兆なしに吹き寄せ沁み入る爽やかさに身繕《みづくろ》いを正すとき

ソマリアの村々には樹幹に鎖で繋がれた男たちが横たわっていた
病めるところはただ一箇所、その心の中心なのだという

＊一　「ホイド」は山形ではよく使われた方言、乞食の意味。
＊二　黒田喜夫（一九二六～一九八四）は米沢市に生まれ、幼小期から一四歳で東京都品川区の町工場に徒弟として就職するまで現寒河江市。第一〇回H氏賞受賞詩集『不安と遊撃』の刊行は一九五九年。なお引用句は『現代批評』誌上インタビュー「生涯のように」初出。

スイマー*

時間は蒸発することで闇を吐き出している
せっせと時間を焚《た》くものたちの咎《とが》は
氷河の舌端を愛撫するものたちの科《とが》は
いよいよ深海に降り積もる雪の重みとなって
乳を含ませようと時間を胸に抱くものたちの首を
えもいえぬ白い真綿のように絞めあげる
いまや時間は発光することで闇を凍らせようとしている

サハラの奥地一千キロメートルの砂漠のかなた
ギルフ・キビール台地の一角のテラスの内壁には
訪れ、描いては、祈りを捧げるものたちから
躍動する岩絵をひとつひとつ恭《うやうや》しく預かる日々があった
その高雅な擽《くすぐ》ったい装身具の数々は
一万年ものあいだ酷暑と砂嵐に曝され続けてきた
幾人かのスイマーはいまなお泳いでいる
はてしなく青い寛容な時間の海を

相克する時間の森のとば口では
覚えずして火器や火気を携行していないか
自己点検を怠りなく足を踏み入れたのだった
夜を徹してあるいは薙《な》ぎあるいは倒して進むのだが
時間の先の捩《よじ》れは深くなるばかり
朝食の仕度をするためにマッチを擦《す》る

日は昇っているはずなのに先は見通せない
いろいろな摩擦の絶え間がない故の暗さなのだろう
昼食のコーヒーが欲しくて
胸ポケットから百円ライターを取り出して点《つ》ける
時間は捩られることで綱を成すことはない
捩れて、切れでもしようものなら、発光するだけなのだ
捩れにはなお未だ隙間でもあるのだろう
さもなければ、この薄明るさはなになのか
夕餉のひとときを引き寄せようと蠟燭を灯《とも》す

その宵はガツガツ堅い夢を齧《かじ》り、耳を澄ますのだ
擦れ合う時間のこの濃い森のかなたに出口はあるのか
――スイマーたちが無心に泳ぐ

＊　エジプトのリビア、スーダンとの国境近く、いまは広漠とした砂漠のど真中、ギルフ・キビール（アラビア語で偉大なる台地の意）の一角の岩陰に、壁画が発見されている。その斬新な岩絵群のひとつに、発見者によって「Swimmer」と命名された、泳ぐ人の絵以外のなにものでもない、いかにものびのびと描かれている岩絵群がある。このあたり一帯は豊かな水に恵まれた地であった証としても注目されている。

履物博物館

a museum of the constitution of japan

昔、日和下駄とか足駄とかがあった、たとえば桐でできた
平仮名で発音したくなるぽっくりという下駄も
個々に区切られただけの四角な下駄箱もあった
それらがそっくり無くなればこの重苦しい損失をなににたとえよう

いま築き上げようとしているその大層な建造物の一角に
皆で齷齪《あくせく》設《しつら》えているそこのそのそれは何なのだ
「表現の自由《freedom of expression》」や「勤労の権利」および「義務《the right and the obligation to work》」といった数々の履物が

余所行き用のキュートな上履《うわばき》や新品の白皮ブーツかなにかのように
温度や湿度まで管理され眩しい照明が当てられる

その町の温泉旅館の玄関先には整然と並べられている
「いつでもどうぞお履き下さい《the freedoms and rights guaranteed to the people》」と爪先《つまさき》を揃えて、幾足もの下駄が
いまでは互いに所在も知れないほど遠く離れて暮しているが、そこに
七月七日の一夜くらいは手を取り合って立ってもみたい——
あなたは結婚適齢期が過ぎたのに非正規雇用
わたしはと言えば年金の遣り繰りに火の車
摺り減らしたいどころじゃない、その玄関に行き着けないのだ

「学問の自由《academic freedom》」や「思想及び良心の自由《freedom of thought and conscience》」と履物は選《よ》り取《ど》り見取り
あなたやわたしの「目の前に揃えられている数々の履物《the fundamental human rights》」は
番頭さんたちとともに大事に使い回してこそ履物というもの
七夕の宵の切なき出会いの約束とその実現も

the constant endeavor of the people

「一年を掛けての心を込めた履物の手入れ」の一環なのだ

いたいけな里子

わたし等は炎天下の車中に置いたことはあったかと思うが
首を絞めたり熱湯を浴せたりしてトラウマを負わせた覚えはない
わたし等が寄って集《たか》ってだめにしてしまったわけじゃない
ことさらいじめたことはなく食事を出さなかった一日とてない
ずいぶん楽しませてもらったこれだけの長いあいだには
だが、かなりの仕打ちをしてきてしまっていたことだけは確からしい
今頃にもなってわたし等の、人には見せないようにしてきた肝玉《きもったま》は

この事実《こと》の大きさの前に正直のところ色を失ってしまっている
それにしても昨今の取って付けたようにも見えた騒々しさは何だったか
入《い》り始めて久しい空洞《うつろ》を、わがもの顔に広がる新たな気配がある
つやつやした白い歯を見せてくれた日々はあったかもしれぬが
ついに馴染むことなくわたし等の元を去ろうとしているこの里子に
行き暮れるほか行先はない、必ずしも発育の芳しくなかった里子よ

荒野の陣痛に耐え産み落してはわたし等の腕に
託して逝った親たちはいた、自らの手塩に懸けて育てたかった
わたし等とて、すくなくとも前へと歩み出せるところまで育てあげることで
青白いこの子とともにすることができた苦楽に替えられる何があるか

蟬

万年を生きるといわれる青海亀も
よほどの偶然がそこを通り過ぎないかぎり
ひっくりかえることがあれば助からない――
炎天下の地べたに仰向様に強張《こわば》って蟬は語っている

それぞれに尻に火がついた蟬たちは競い描く
偶然のその顔付きと表情を、克明に
そう、差し延べられることがない偶然というその手を――

蟬たちの連帯が惜しげなく撒き散らされている
一九四四年一二月五日レイテ島南東のスリガオ海峡に向けての
突撃直前、上官に横隊で敬礼を捧げる
五名の陸軍特攻隊員の写真を
二〇〇七年二月二六日の新聞朝刊*は掲載している

蟬たちの意思はめいっぱいに拡散している
蜻蛉の来なくなった今年の庭の処暑にも――
きみは隊員の顔付きや表情を見なかったかもしれない
欠落を抱えるきみのその手をぼくは握る、固く

＊　朝日新聞

半減期

一九四二年に陸軍に入隊した矢野正美《まさみ》*一さんは、
四四年夏フィリピンの部隊に転属。フィリピンでは、
アメリカ軍との激戦で日本兵六〇万人中五〇万人が死に、
矢野さんの部隊の生き残りはわずかに一割。

ルソン島のある村でゲリラ潜伏を調べていたとき、
教会から出てきた老女が怪しいと、
銃剣で突くよう上官に命ぜられた。

「しょうがない。グスッと胸を突いたら血がばーっと出てね。空《くう》をつかんで、その人は倒れました。」

別の村では、残っていた子連れの女性を襲った。

「強盗、強姦、殺人、放火。

軍命であっても、私は実行犯。

かといって慰霊には何回も行ったが、
謝罪のすべを知りません。」

敗走を続け、飢えに苦しんだ山中で、
日本人の逃亡兵を仲間の兵が殺した。

その晩、仲間の飯《はん》ごうから、
久しぶりに肉の臭いがした。

「奪い合うようにして食べました。」


二〇一二年二月矢野さんは九二歳で亡くなった。

「八月一五日まで生きたい」と何度も言い残して。

と、二〇一三年八月一五日の新聞朝刊[*二]は伝えている。
希釈に希釈が加えられても、
矢野さんから遥かなぼくにまで届いてぼくを爛れさすのだから、
このできごとの半減期は相当に長いのだろう。
ところが肝心なことがある、そう、まったくそれは見えないのだ。
内部被曝に見舞われながら、誰もが平然としている——
さもなければ、ぼくらはいまごろ数ページ先の世界を生きていた。
六か月の猶予を繰り返し懇願しなければならなかった矢野さんは、
ありありとそのことに気づいていたのだ。

＊一　愛媛県西条市に住まわれていた。
＊二　朝日新聞

苦瓜《にがうり》

朝が訪れると行かずにいられぬ処がぼくにはある
きみと元肥を施し、耕やし、きみと植えたのに
きみの姿を見た験《ためし》がないあの苦瓜畑である

青い匂いに包まれて左手を伸ばしているとすれば
それはきみ以外のだれでもないはずなのに
それでぼくは右手を添えて受粉を助けるほかないのだ

黄色い雄花は数え切れない、あそこにもここにも
粉を噴いて止まない芯を奥に抱いた、その
突き出そうとしている力に気圧《けお》される

きみが姿を見せないのはその所為《せい》かもしれぬ
緑色になってしまったのだ、これら具体の葉などにではなく
どの雄花の芯部も微細な昆虫たちの操場《エクササイズ》

苦瓜の苦味を好むのはぼくだけでないことは
きょう見つけることができなかった雌花が知っている
鋏を入れて幾本もの憎いまででこぼこな苦瓜を拉致する

有明の月に無言で語らずにいられぬことがぼくにはある
分かることがあるからだ、あの苦味を喪失する時の訪れを
感じているのはひとりぼくだけでないのだ、と

匂うこともなければ見えも聞こえもせずに

鉛筆を持って追い掛けていたとき
懸命に照準を合わせようとするあたりを
ちらついて過ぎていくものがあった
いま、ぼくの背後から迫ってくるのは
後を振り向けないから見ることができないが
あのときの照準を横切ったあの翳《かげ》のようなものだ

とすれば、ぼくは止《とど》まればいいだけではないか

ぼくを貫く、つまりぼくのなかを通り過ぎるのを
まじまじと感じてみればいいだけではないか

だが、ぼくはその誘惑から身を振り解《ほど》き
ぼくは素手で取っ組み合い
取っ捕えてきみに引き渡そうと思う
匂うこともなければ見えも聞こえもしないのは
麗《うるわ》しいものだけとはかぎらないが
かりにそれがどんなに麗しいものだったとしても
取っ捕えてきみに引き渡そうと思う
ぼくもきみも触ることができたことになるが
そのときなのではないか、もう取り返しはつかない
ぼくもきみも触ってしまったことになる

取り返しがつかないということは、ぼくにもきみにも

仲間が増えるということなのだが、きみにもぼくにも
捨象すれば、そのどちらも黙って、そう黙ってなのだ
ものごとが始まるのを照し合っている——
匂うこともなければ見えも聞こえもせずに

無色聲香味觸法批判

見えないものほど美しいものがあるだろうか。
聞えないものほど爽やかなものがあるだろうか。
匂わないものほど芳しいものがあるだろうか。
触れえないものほど愛《かな》しいものがあるだろうか。
考え及ばないものほど楽しいものがあるだろうか。
それなのにきみはなぜそれほどまでに、
見ようとし、聞こうとし、嗅ごうとし、触れようとし、
考えようとさえするのか。

きみはこたえられるにもかかわらずこたえないだろう。
だが、こたえるまえにこの世を離れるのはきみだけではない。
教えられて分かったことを口先で述べえたとしても、
それはこたえたことにならないのだ。
こたえることははるかにむずかしい、
たとえば原子核を分裂させることなどより。
こたえうることとこたえることの開きは、
地と天の開きを凌駕する。
かつて原子核を分裂させた人々で、
この世を離れたように見える人がいるとすればとんでもない。
この世の生類に、永くこれほどまでにしつっこく、
纏《まつ》わり続けるこの傍《はた》迷惑をなんと言おう。
この世を離れる前にこたえた人がもしいるなら、
ぼくたちはそれをなんと称えよう。
見えないものほど美しいものがあるだろうか。

真っさらな紙の挽き唄

これまで何回となく繰り返してきた失敗だが
ぼくはつい言ってみずにおれなくなる
真っさらな紙があると３Ｂほどの鉛筆が欲しくはならないか、と
ことさら白い紙だったりすると、詩が書きたくなるのだ

それは性犯罪に似ており常習性があるものなのだ、とか
そもそも紙というものは森林資源の浪費態だ、とか
論文をなぞったり仕立てたりしたいからではないが

ぼくは無地でさえあればＡ４判に裁断して取っておきたくなる

書斎まがいの部屋の片隅の棚には
いまや無地の紙がうず高く積まれている、すると
これまた何回となく繰り返してきた失敗だが
その紙を誰彼となく渡して回らずにおれなくなるのだ

色が着いていようといまいと紙切れは紙切れ、間を措かず散失する
そこにぼくの失敗の源は寄り添うように身を潜めている
剝き出しの時間の振舞いは容赦を知らないものなのだ
戸外へ出さえすればそのことはほどなくくっきりと分かる

無地の紙は格好な餌食を待って静まりかえっている室《へや》である
時間はと言えば閻魔王の前の待合室のようなもので
得体の知れない有象無象でごった返している

そこでは言葉や溜め息や泣声や叫び、拳《こぶし》さえ駆使される

散失を免れ見出されることがあってもそこはもはやきっぱりと異空間で

いつも優れた修復家や考証家や翻訳家がいるとはかぎらない

真っさらな紙は丁重な挽き唄を以て遇するとして　時間はどうか

直《じか》に刻み込んではその無傷を許さない鑿《のみ》と金槌の技が要る

そのように味気ないもの

詩は、散策で拾ってきたこの机の上の石から
いまここでその重さを取り出そうとするようなもの
詩は、あの硝子《ガラス》の花瓶を満たしている水の
分子や原子の、そのさらに微細な構成粒子のサラサラを
いまこの掌《てのひら》に零してみようとするようなもの
その花瓶には大輪の白薔薇はそのまま咲いていて
気の毒なほどよそよそしく――

詩は、なお折々ぼくを訪れることがあるあのひとの
いま聞く春の足音のようなあの音のない足音
なにはともあれぼくをこうまであかるくしてくれる
それはあの日々のあのひとの優しすぎた眼差しの残り香
あるいはあのときのあのひとの胸にあった思いの濃さや色
いまあのひとは彼からの携帯メールの返事に余念なく
とりとめのない事柄についての――

詩は、そのように味気ないものにすぎないが
だからこそあるときは接近することもできるのではないか
いまなぜ食べるものがないひとがいるのか
いまなぜ汚れた水を押し付け合わなければならないのか
そうしたひどく雑多なものの、そう、その端緒へ
食らいついたら離さない牙をひたすらあやしながら
泣き叫ぶ乳呑児の背を叩くように――

あなたはわたしの墓を消そうと……

わたしたちは足も手も動かすことなく
口を閉ざし目も閉じているのか
凍てついた静止画像を嬲《なぶ》るように、たしかに
張りめぐらされる路傍の石ころたちの揶揄

石ころたちの沈黙で固められる磁場は苛烈だ
いちめんの草穂の戦《そよ》ぎはそこから吹いてきている
ところでわたしはあなたに耳を敧《そばだ》ててみたか

あなたにせよわたしからノイズを選り分けてきたか

揶揄は母性棄却などではない
闇の本性は無音というエロチシズムの膝陰にこそ
わたしたちは石ころたちの母性に抱きすくめられ
負の磁性が乱される快感を貪っているというのか

わたしたちは足も手も動かすことなく
なお口を閉ざし目も閉じているのか
草葉の翳に石ころたちはひとつまたひとつ
岩となり巌《いわお》となる夢に噎《む》せかえっている

石ころたちに言葉を差し向けているのはあなたでないのか
石ころたちがわたしに返し囁く言葉は中空に谺《こだま》するが
その頭韻もリズムも脚韻さえわたしを素通っていく

それでもわたしはその刻印を探す、あなたを
石ころたちの苛責ない母性に抱きすくめられ
噎せかえる夢に翻弄されながら
わたしはあなたを弄《まさぐ》る、闇夜の琴を鳴らすように
あなたはわたしの墓を消そうとわたしを点《とも》す

草穂群の三

豆

――土も空気も満足な水さえないところに――

土も空気も満足な水さえないところで
どうしてあなたはわたしではないのか
枝豆は莢《さや》を形成しはじめたばかりで
ほどなく実となる点が透《す》けて見える
「それはあなたが播いたのだわ」と
いまになって遠い処から囁いている
どうしてその主《ぬし》があなただというのか
葉群《はむれ》を戦がせていくその囁きは

このとおり一陣のそよ風に過ぎないではないか

わたしはあなたを唆《そそのか》す
ここに居るのはわたしではない
やがてわたしは分かるだろう
点々うすむらさきの花となって姿を見せたときは
まだ気がつかなかったが
茹で上がった枝豆を大皿に載せたとき
わたしはあなたを唆す
土も空気も満足な水さえないところへ
あなたがわたしを唆すように

蟷螂《かまきり》が雄を食うのは
あの瞬間のごくごく稀なケースだと
バリバリしかも時間《とき》を掛けてであると

教えてくれる人が居たりすれば、そのとき
そこにはあなたを嗾すわたしが居る
どうしてあなたはわたしではないのか
土も空気も満足な水さえないところに
わたしは来年も果敢に豆を播く
さにあらず、おお！　さにあらずともだ
芽生えはなんと満身創痍《そうい》——

あってはならないことが……

ぼくはぼくではなくきみはきみではない
そのことをきみに教えてくれたのはだれだったか
ぼくは思い出すことができない
きみはぼくが痛くて太陽が昇る前に水を飲んだ——
きみがなにげなく黄色の帽子を脱ぐと風に髪が解《ほつ》れた
そう、きみが風邪を引いたのはあの瞬間《とき》だということを
だれにも知られていないことがうれしくてしかたがない

あってはならないことが起こらないことを
だれもがただ知らないだけだとすれば
ぼくはきみを失うことがあってもいいほどうれしい

きみはぼくの胸に虫が巣くうのを痒いと訴えて悶え
そのときぼくはきみの子宮を植える

山の湯

清らかな青い湯につかる女、その口元に点をなす紅
浴槽の白っぽい材枠《きわく》に腰掛ける女の
ほのかな乳白色の丸い背中いっぱいにたちのぼるもの
窓外に垣間《かいま》見える新緑と白い馬酔木《あせび》の花が
季節が春であることを静謐に物語っている

二人の浴女を描いた一幅のこの絵*一がぼくのハートに棲み着いて以来
芸術とはなにかを問うことをぼくは止めた

くりかえし吟味してみるが
そこに居るのはどうしてきみでないのか
ついにぼくには分からないのだ

いつもぼくは探している、探しあぐねながら探している
ときにぼくのハートにまで舞い戻ることがある
その醜怪な軌跡のすべてがぼくの行状であるらしい
もしやきみにも醜い軌跡はあって
消すことができないその途上に行き暮れていないか

だからこそ山の湯に向かうのではないか
探しあぐねながら探しているのはぼくやきみにかぎらない
金曜日に街角に集まってくる*二のが
毎度どうして三人や四人にかぎらないのか
山の湯の記憶は消えることがないからではないのか

＊一　小林古径画『出湯図』（東京国立博物館蔵）

＊二　毎週金曜日夕刻、首相官邸前に自然発生する反原発デモに連動して、二〇一二年八月三日以来山形市内でも、「幸せの脱原発ウォーキング」と称して集い歩くひと群の人々の姿が見られる。

圧力容器

お茶会の席上ではなく、そう硝子戸を開け放った縁側で
五月の茶を啜りながら和菓子を頬張っていると
言葉のひとつひとつが立ってくるのは確かだ
近代化の意味を問い続けてこられたという評論家の言葉である
「江戸時代に生まれ、長唄のお師匠さんの二階に転がり込んで、
戯作《げさく》でも書いていたかったねえ。」

パティシエが丹精を込めて造りあげたケーキを頂戴していると

香ばしいコーヒーを注ぎながら、木陰で
同じその言葉のはしはしが萎えてくるのも不思議だ
「仮住まいの大家さんには義理がある。
だけどそれはあくまでも義理、義理は果たさにゃならないが、
本心は別のところに置いておきたいものです。」

立つも萎えるも、ところで、どうか
国民国家に仮住まいの僕等のあいだを戯れ漂う言葉上のおはなし
そのおはなしが計測するのはせいぜい格納容器の外側の現象
のっぴきならないものは圧力容器のそのまた内側にあり
別格のブラックユーモアは底を穿《うが》ちちゃかり固まって火照《ほて》り続けている
近代化の意味を問うもとうに間《ま》は抜け落ちているのだ

色

ある種の色合いに追い詰められ、見詰められると
それは突然痴漢に襲われるようなもので
ぼくの心臓にはきまって甦えるものがある
どこかしら甘いあの不整脈の予兆である
たとえば薄いワイン色をした
コージュロイのドレスがあるとしよう
それにはほんとうのきみが包まれていて
そっとフォークとナイフを手に取るのだ

あまりはっきりきみが脈搏《みゃくう》つものだから
それがぼくなのかきみなのか分からなくなり
音を立てることなくテーブルを離れる

あの絵本のあのページには
レオ・レオニはそれはフレデリックだと言うのだろうが
母ねずみが居て、一列に彼女の方を向いて
目を瞑《つむ》る四匹の子ねずみが登場する
外国の子ねずみたちそれぞれの想念は
大きさや形や配置は異なるが
同じ五つの色で組み立てられている
きみが白い肌を委ねているワイン色は
そのうちの一つとまったく、そうまったく同じなのだ

そんなことってほんとうにあるだろうか

そんな恐ろしい色がこの世にあるなら
この世に恐ろしいことなど起こらないのではないか

時間など素っ飛ばして

たとえば近代化の意味を問うというとき
あるいは生きるとはなにかを問うというとき
そのときはすでに時間が使い切られていることを
ぼくらとしては忘れるわけにはいかない
だが、時間が揮発してしまっていては
ぼくらにできることはないというのだろうか
男はそこにいる女の手を取り女はそこにいる男の手を取る
女はそこにいる女の手を取り男はそこにいる男の手を取る

どうして気兼ねなど要るだろうか
男は女を愛し女は男を愛する
女は女を愛し男は男を愛する
囁き合う約束があってもいいのではないか
もはやこのほかぼくらにはないのではないか
時間など素っ飛ばして
それは獣《けだもの》になることとはおよそ異なる

金魚

嫋《じょう》々と泳ぎ寄ってくる金魚よ、金魚よ
このごろおまえたちは一段と鮮やかになったなあ
そのたまらん色をおまえたちがどこから集めてきたか
だが、こころあたりのある者はいるだろうよ

壊れやすいガラスがその脆《もろ》さの補強のために
付加される鉛という毒などとはまた異なって
立派に有機化合物形成の手順を踏んでしまっている

にもかかわらず、こころあたりのある者はいるだろうよ
またぞろ固く口を噤《つぐ》んで言わないだけなんだ
青い縁取りが滲む透明な金魚鉢が壊れて
あたり一面水浸しになって、そこに金魚たちが
金色に膨らんだ腹をヒクヒクさせていようともね

あじさゐ

ぼくもこの地上では生物の一員なのだから
こう見えてもぼくの体はきっと生きるリズムに従っている
おまえが咲き始めるのもそのリズムの内のことで
そのあまりに遥かな、極微の
ふたつのリズムの共振の顕《あらわ》れがおまえのその鮮やかさで――

いったいぼくたちにはと言おうか、ぼくにはと言おうか
あじさゐに向かってそれ以上に言えることがあるだろうか

たとえば軽々に言えるものだろうか
雨模様の空に焦《こが》れて発色しているあじさゐなどと詩ったら嗤《わら》われる
とりわけこれぞ見本と嗤われる、などと
嗤われるどころの話じゃない
福島第一原子力発電所の敷地内には群落がある
一本二本ならぼくのなかにも自生している
きみの未来の庭にだって植えてあったじゃないか
消去しようにもリセットなどできっこない

あじさゐの房を成すうすむらさきは
ことしも目の前に咲いているじゃないか、だって？
よく目を凝らすがいい、咲いてなどいない
それは夢なのだとかいった屁理屈の話じゃない
どう言い繕おうが色も形もあのあじさゐなどじゃない

見えない詩《うた》

日照りが続くカラカラの畑地に
水道水を引いてきて撒いている
表層をうごめいているのが見える
薄い虹色の渦を左に右に巻きながら
そのひとつは嵩む水道料金への懸念
球体の裏側には微《かす》かにほんとうのきみが映っている
セーターに咽喉《のど》まで身体《からだ》を埋め
暖炉に頰を火照らせながら

アイスかなにかを口に運んだりしている
右に左に渦を描いて秘《ひそ》かに移ろっている

——これが球体の、そう、絶体的定義なのだ

つまり映らないものでできているすべて
そこにはまずなにもない
見逃すことのできないものが
満載にもかかわらず
留まることなく渦を成し
はちきれんばかりであるにもかかわらず
夢は夢を喰らい合い
絶望は絶望を嚔《ひ》り合っている
そこはまず映らないもので張り詰めている

だから人は欲望のリゾームを爽やかな朝に譬えたりする
——ここがぼくときみの、そう、約束の濡れ場なのだ

立棺――3・11／おれの「立棺」なら

土葬していたのはおまえたちだったのか
土中深く蔑みとともに埋めたのはかれらだったのか
いかなる素振《そぶ》りからも解《と》かれた影絵となって
瓦礫もなにもいっしょくたに
星明かりの宵おれも埋葬のスコップを手にしていたというのか
土葬したものを掘り起こすな
土中深く敬虔という色のシーツに包んだつもりで

一度埋葬したものを掘り起こしてはならぬ

嬲られたものはそのときから己の立棺を用意していたのだ
埋葬したものは埋葬できないものを埋葬しただけなのだ
ことしも野に草は萌え、花は咲く
その色をおまえたちは浴びることだろう
その匂いをかれらは聞くことだろう
おれだってその風に触《さわ》られて驚くだろう
空は青いなどと言うひとだってあるかもしれない

掘り起こそうとしてもそこには居ないのだ
立棺が埋葬されることはない
土葬されても
立棺はどこかに真直ぐ立っている
横たわるところがないからではない

その訳など分かるはずがない
草や花が、風がどこからやってくるか分からないように

とあるソネット——副題「マスク」

軒高く積っていた雪も融けて
ふりそそぐひかりの渦、また渦
音のないひかりの呼び声に目を覚ますみどりいろたち
擽《くすぐ》り励ます微風《かぜ》を両手《もろて》で摑《つか》もうとするみどりいろたち

路傍の片隅のメルヘンと思っていたものから
呻きが聞こえていて驚いた
吸いたい、呼吸がしたい！

吸いたい、呼吸がしたい！

際限もなく呻きが起ち昇っているではないか
呻きも呼気とその後の深い吸気から成るはずなのに
見よ！　起ち昇っているのは呼気だけではないか

呻きは呻きにならないという呻きでもあったのだ
鬼気迫る呻きだから聞こえていたのだ
吸いたい、呼吸がしたい！

あとがき

つまりは興醒めなパンフレットとして読み捨てられるだろうか。ことさらな空疎の現出を、あからさまに文字を垂れ流すことで、あるいは文字の肩を怒《いか》らせることで企てている風《ふう》だからである。にもかかわらず、なけなしのひとり言をあえて認《したた》めておきたい。

✧

かつてアルベール・カミュは、私たちの眼前に二重の「不条理」を置いて逝ってしまったのだった。この固塊を解《ほぐ》してその一端を、いま私が、この国に生きる私に向かって、私の言葉で、簡潔に示すならたとえばつぎのようになるだろう。これはカミュの文学営為に対する牽強付会であるとか薄っぺらな通俗化であるとかいう批判は、いまここにおいてである限りは、瞬時に蒸発するはずである。

いかなる因果の果てにか、ひとたび戦争が始まってその最中《さなか》に、戦いを終わらせる闘い、その困難は、延々といつ果てるともしれない悲酸な姿態を晒して史上に繰り返されてきた。それは現下の国民国家の一時代に限らない。闘いの名に値する「闘い」とは、破却することと保守すること、したがって言わずもがなついには、制度に反逆することと暮しを立てることとして自らの日常に張り付き止まない両義性を孕む矛盾態なのである。

唐突ながら一方、いまやこの国におけるのみならずこの地球上における、原子力発電という核エネルギーの利用を止《や》めさせる闘い、その難事たることもまったく同一の「構造」上にある。

以上は、言い古され、もはや摺り切れているかもしれない思考である。

こう省みたうえで私は考えるのだ。詩の発見は闘いであり、いわゆるライト・ヴァースも詩であり得る。若き詩人宮澤賢治が表現として、もっと言えば表現手法として手離せなかった童話のように、と。

✦

私がなにによってかなお詩の発見に向かわんと身を委ねる必然はここにある。「不条理」と「闘い」と「構造」はこの必然の中心で出遭っている。つまり一如《いちによ》なのだ。おお！　静謐なカーニヴァル。

そして、こう私が書くとき、ここに見えている行間ないし言葉間のある意味では致命的な空白については、たとえばジュリア・クリステヴァのエクリチュールを試金石として、私がいま置かれて採っている価値決定上のトポロジカルな濾網《ろもう》の精粗の妥当性如何の問題として、いつか明示的に示すことなしに済ますわけにはいかないだろう。
あのハドソン河畔の『草の葉』ならぬ、この国の二一世紀へと戦ぎ続けて止まない輝く遥かな草穂の原、その一画のわが一群《ひとむら》の『草の葉』よ。

二〇一三年一一月一五日

大場義宏

著者略歴

大場義宏（おおば・よしひろ）

1942年　山形市に生まれる。
現住所　〒990-2433 山形市鳥居ヶ丘 25-6
　　　　☎023-641-5257
詩　集　『ハンスよ』（書肆犀　1986年）
　　　　『腐っている詩』（書肆犀　1987年）
　　　　『言葉の森林浴』（書肆犀　1993年）
　　　　『アウシュヴィッツのポプラ』（書肆犀　1998年）
　　　　『あかるいカメラ』（土曜美術社出版販売　2003年）
評　論　『「食《くわ》んにゃぐなれば、ホイドすれば宜いんだから！」考
　　　　──わが黒田喜夫論ノート──』（書肆山田　2009年）
　　　　『続／わが黒田喜夫論ノート──試論・「現代詩の現在」の萃点はどこに在ったか──』（土曜美術社出版販売　2012年）

大場義宏《おおばよしひろ》　ライト・ヴァース集《しゅう》　2004〜2013
豆《まめ》──土《つち》も空気《くうき》も満足《まんぞく》な水《みず》さえないところに──

二〇一四年二月四日　初版第一刷

著　者　大場義宏《おおばよしひろ》
発行所　株式会社　影書房
発行者　松本 昌次
〒114-0015　東京都北区中里三─四─五
　　　　ヒルサイドハウス一〇一
電　話　〇三（五九〇七）六七五五
ＦＡＸ　〇三（五九〇七）六七五六
E-mail=kageshobo@ac.auone-net.jp
URL=http://www.kageshobo.co.jp/
〒振替　〇〇一七〇─四─八五〇七八
本文印刷＝ショウジプリントサービス
装本印刷＝アンディー
製本＝協栄製本

定価　二、〇〇〇円＋税

ISBN978-4-87714-443-2